J'AI PEUR DU DOCTEUR !

Vous aimez les livres de la série

**Écrivez-nous pour nous faire partager
votre enthousiasme :**

Pocket Jeunesse - 12, avenue d'Italie - 75013 Paris

J'ai peur
du docteur !

Diana G. GALLAGHER

Traduit par Dominique Roussel
et adapté par Vanessa Rubio

POCKET
jeunesse

Titre original :

Worth a Shot

Publié pour la première fois en 2000
par Pocket Books, États-Unis.

Loi n° 49-956 du 16 juillet 1949 sur les publications
destinées à la jeunesse : novembre 2002.

ISBN 2-266-11721-1

Tu adores les chats ?
Tu as envie de lire des histoires drôles
et magiques à la fois ?
Alors, dévore les aventures hilarantes de

Salem
le chat de Sabrina

À mon petit-fils,
John Alan Streb, Jr.
Avec toute mon affection

1

Salem joue à cache-cache

Salem se réveilla brutalement. Dans son rêve, il avait cru entendre Hilda prononcer les mots « cocktail de crevettes »…

Il s'assit sur le lit de Sabrina, les oreilles dressées. Dans la cuisine, les portes des placards n'arrêtaient pas de

claquer. Hilda avait dû aller au marché pendant qu'il faisait sa sieste.

— Un cocktail de crevettes ! s'exclama Sabrina. Mais ce n'est pas son anniversaire, tante Hilda.

— Non, mais j'avais envie de lui faire un petit plaisir, quelque chose de spécial.

« Oh oui ! Bonne idée ! » pensa Salem. Il sauta du lit et fila comme une flèche au rez-de-chaussée. Non, ce n'était pas un rêve ! Hilda avait bel et bien épluché des crevettes.

— Tu le gâtes trop, protesta sa sœur, Zelda. C'est son plat préféré.

« Oui, enfin, après le caviar, se dit Salem en traversant le salon. Peut-être même après le thon. »

Hilda se mit à l'appeler :

— Salem, je t'ai préparé des crevettes, viens vite !

Le chat noir exécuta une longue glissade sous la table de la salle à manger et s'arrêta sur le seuil de la cuisine, soupçonneux. « Ouh, là ! Une minute… D'habitude, les deux tantes trouvent que je mange trop et que je suis trop gros. Alors pourquoi donc Hilda veut-elle me gâter en me donnant des crevettes ? C'est louche ! Elle veut sans doute m'attirer pour me donner un bain… Ou bien m'asperger avec une poudre anti-puces qui me fera sentir la rose ? »

La sonnerie du téléphone l'interrompit dans ses pensées.

— Allô ? répondit Hilda. Oui, oui, docteur Adams. Non, je n'ai pas oublié

notre rendez-vous. Nous serons chez vous vers 4 heures.

— Qui est-ce, ce docteur Adams ? demanda Sabrina.

— C'est le nouveau vétérinaire, soupira Zelda. On ne peut plus aller chez le docteur Werner : la dernière fois, Salem s'est mis à lui parler ! Depuis le pauvre homme croit qu'il entend des voix !

Un vétérinaire ! Le chat n'en croyait pas ses oreilles. Il n'était pas malade du tout, donc ce rendez-vous voulait dire « piqûre » !

— Si nous ne sommes pas chez le docteur à 4 heures, il ne pourra pas voir Salem aujourd'hui, dit Hilda, et il a déjà un mois de retard pour ses rappels de vaccin.

« Ah ! Je le savais ! » se dit Salem. Il avait les poils tout hérissés rien que d'y penser.

Juste à ce moment-là, Sabrina ouvrit la porte de la salle à manger

— Mais où est passé ce chat ? Il adore les crevettes pourtant !

C'était le moment de jouer les chats invisibles ! Salem s'aplatit sur le tapis et resta immobile, retenant son souffle tandis que la jeune sorcière inspectait la pièce. Il ne se remit à respirer que lorsqu'elle referma la porte.

Hilda commençait à s'inquiéter.

— Étrange… Je pensais qu'il arriverait en courant dès qu'il entendrait prononcer le mot « crevettes ».

Salem avait failli tomber dans le piège.

C'est vrai, il adorait les crevettes mais, par contre, il détestait les piqûres.

— Il est déjà trois heures et demie ! s'exclama Zelda. Si on ne le trouve pas d'ici un quart d'heure, il va falloir annuler le rendez-vous !

Salem ricana doucement tout en se dirigeant vers l'escalier. Il connaissait une bonne dizaine d'endroits où personne ne pourrait le trouver.

— Il est peut-être en train de dormir dans ma chambre, suggéra Sabrina. Je vais aller voir.

Salem fonça dans l'escalier.

— C'est ça, regarde partout au premier étage, dit Hilda. Moi, je vais fouiller le rez-de-chaussée. Et toi, Zelda, jette un coup d'œil dehors. Il doit bien être quelque part, cet animal.

Salem trottina jusqu'à la chambre de Hilda. Il se faufila dans l'entrebâillement de la porte juste au moment où Sabrina arrivait sur le palier. Elle s'arrêta pour jeter un œil dans le panier en osier, près du placard à linge. Il s'y cachait parfois, mais pas aujourd'hui.

— Salem ? appela Sabrina en entrant dans sa chambre.

Pendant ce temps, le matou se glissait dans la penderie de Hilda. Elle était pleine de bric-à-brac.

— Salem, mais où es-tu donc passé ?

Dans ce placard, il faisait noir, mais ça ne le dérangeait pas car il voyait très bien dans l'obscurité. L'un des avantages d'être un chat.

Il se faufila entre un casque de hockey et une ancre de bateau, puis il se tapit

derrière une paire d'après-ski. Un peu plus loin, dans un coin, il découvrit un tuba qu'Hilda avait acheté dans une brocante, mais dont elle n'avait jamais joué.

« Elles ne me trouveront jamais là-dedans », pensa-t-il. Et il rampa à l'intérieur du pavillon de l'énorme instrument.

Sabrina alla jusqu'à la chambre de sa tante ; elle regarda sous le lit et sous tous les meubles.

— Allons, Salem, montre-toi !

« Alors, là, tu peux toujours attendre ! » Le chat noir ne bougea pas d'un millimètre quand elle examina la penderie. Il retint sa respiration quand elle entra à l'intérieur et alluma la lumière.

— Je sais que tu es caché là, Salem, affirma-t-elle en soulevant une paire de bottes de cow-boy.

« Ce n'est pas vrai, se dit Salem. Elle ne sait pas que je suis là. C'est un truc pour me faire sortir de ma cachette. » Malgré tout, il devint un peu nerveux quand elle changea le casque de hockey de place. Elle se rapprochait un peu trop.

— Alors ? demanda Zelda en entrant elle aussi dans la pièce.

Sabrina sortit de la penderie.

— Toujours rien ! On ne le trouvera pas s'il ne veut pas qu'on le trouve. Il doit être en train de nous regarder en rigolant !

« Ça, c'est sûr ! » ricana Salem.

— Tu as raison, soupira Zelda. Mais rira bien qui rira le dernier !

— Qu'est-ce que tu veux dire ?

— Je vais reporter le rendez-vous à demain. Si Salem ne veut pas se laisser

faire, il le regrettera, c'est moi qui te le dis !

— Qu'est-ce que tu vas faire ? demanda Sabrina en suivant tante Zelda dans sa chambre.

Salem n'entendait plus leurs voix. Pour plus de sécurité, il décida de rester dans son tuba encore dix minutes. Il se moquait bien de la punition que préparait la sorcière. Le Grand Conseil des Sorciers l'avait déjà condamné à être un chat pour cent ans quand il avait voulu devenir le maître du monde. Que pouvait-on lui faire de plus ?

En revanche, il n'y avait rien de pire que les piqûres. Ça, c'était certain !

2

Le piège

Salem mourait de faim ! Son ventre n'arrêtait pas de gargouiller.

Il avait bien failli tomber dans un autre piège, la veille au soir. Sachant que son appétit le ferait sortir de sa cachette, Hilda et Zelda l'avaient attendu dans la cuisine pour le capturer quand il viendrait dîner.

Mais il avait vu à temps leur filet dissimulé derrière la porte. Et il s'était de nouveau caché, sans manger, malheureusement !

Il attendit cinq heures du matin, heure où tout le monde dormait, puis il sortit de sa cachette en rampant, plein de courbatures. Il avait tellement faim qu'il aurait avalé une boîte entière de pâtée pour chat, et avec le couvercle !

« Je ne vais pas rester caché éternellement, se dit-il. Il faut que je me débrouille pour que Zelda et Hilda ne puissent pas me conduire chez le vétérinaire. Mais comment faire ? »

Soudain il eut une idée, une très bonne idée, même. Il n'avait qu'à leur voler les clés de la voiture. Plus de clés, plus de voiture, donc plus de véto et plus de piqûres !

Salem regarda tout autour de lui. Le sac de Hilda était posé sur le piano. Hop ! Il y monta d'un bond. Puis il s'approcha sur la pointe des pattes et sortit les clés du sac avec ses dents.

Il se rendit ensuite dans le grand placard de l'entrée et, grimpant sur un tabouret, il retira les clés de Zelda de la poche de son manteau. Pour être sûr que les sorcières n'aient aucune possibilité de partir, il alla chercher le trousseau de secours dans le tiroir du bureau. Il s'assit alors à côté du tas de clés et réfléchit.

Sa queue remuait, signe d'intense concentration. Où cacher ces maudites clés ?

Le tiroir à bazar ! Même en jetant un sort, elles ne parviendraient pas à les retrouver dans ce fouillis !

Salem prit toutes les clés dans sa gueule et les emporta dans la cuisine. Puis il sauta sur le plan de travail et les jeta dans le tiroir.

Voilà ! Maintenant, il allait pouvoir manger. Il sauta à terre près de sa gamelle.

Vlan !

Un grand filet s'abattit sur lui. Hilda et Zelda avaient jeté un sort sur sa gamelle !

Mais Salem ne se faisait pas trop de souci. Il commença par savourer son dîner, puis se coucha en rond et s'endormit. De toute façon, Zelda et Hilda ne trouveraient jamais les clés à temps pour se rendre chez le vétérinaire.

Et elles rateraient l'heure du rendez-vous.

— D'accord, Salem, où les as-tu cachées ? demanda Hilda.

Salem la regarda à travers le filet.

— Quoi ?

— Tu sais très bien de quoi je veux parler, Salem. Où sont les clés de la voiture ?

— Tu les as perdues ? demanda-t-il d'un ton innocent.

— Oui, elles ont disparu. Et les clés de rechange aussi !

Zelda posa les poings sur ses hanches.

— On va jeter un sort pour les retrouver !

— Comme ça on pourra aller chez le vétérinaire et tu auras tes piqûres !

« Ça, c'est ce qu'on va voir ! »

Salem s'assit tandis que Zelda fermait les yeux pour se concentrer. Il se croisa les pattes pour conjurer le sort.

— *Que les clés des voitures viennent vite, dans ma main, je les y invite !*

Et Zelda tendit le doigt.

Le tiroir à bazar s'ouvrit et une avalanche de clés se répandit sur le sol de la cuisine.

Hilda fronça les sourcils.

— Mais ce sont toutes les clés de la vieille voiture !

Salem se retenait de rire. Les clés de la nouvelle voiture se trouvaient au milieu des autres, mais les deux tantes ne fouillèrent pas dans le tas. Elles pensaient simplement que le sort avait échoué.

— Tu dois t'être trompée, Zelda, laisse-moi essayer, décida Hilda.

Et elle se mit à chantonner :

— *Cherche, cherche s'il te plaît et trouve ce que nous avons perdu !*

Hilda tendit le doigt à son tour. Deux secondes plus tard, les sorcières et le chat reçurent une pluie de petits objets sur la tête.

— Eh bien, mince alors, qu'est-ce que c'est que ces trucs-là ?

Zelda ramassa une poignée de cubes avec des lettres gravées dessus.

— Oh, oh ! Ce sont des lettres de ma machine à écrire que j'avais égarées quand on a déménagé en 1942 ! Le *m*, le *z*… le *t* !

— Et ça, c'est la dernière pièce de mon puzzle ! Dire que je n'ai jamais pu le finir !

— Tiens, un bras de la poupée mannequin de Sabrina !

— Oh ! Les perles de mon collier rose !

— Et il y a des dizaines de clés, sauf celles dont nous avons besoin.

— C'est bien dommage, soupira Salem. Vous allez être obligées d'annuler mon rendez-vous chez le vétérinaire !

— Pas du tout, répliqua Zelda, les sorcières n'ont pas besoin de clé pour faire démarrer une voiture !

Le piège

Salem commençait à paniquer.

— Non, non, il est déjà trop tard pour être à l'heure !

— Oui, si nous conduisons normalement, fit Hilda en souriant. Mais avec un coup de pouce magique, on devrait y être à temps ! D'ailleurs, on n'a même pas besoin de prendre la voiture, finalement.

Les poils de Salem se dressèrent sur son dos.

— C'est tout à fait contraire aux règles du Grand Conseil des Sorciers ! protesta-t-il

Hilda tendit l'index et Salem se retrouva enfermé dans son panier à chat.

— Cas de force majeure !

— Hop, en route ! fit Zelda en claquant des doigts.

— Miiiiiiaaaaaaouououou ! hurla Salem.
Je déteste les piqûres !

3
Pic et pic et colégram !

Hilda s'apprêtait à ouvrir la porte du cabinet du docteur.

— Attends ! cria Salem.

— Quoi encore ? On va te faire tes vaccins, pas la peine de discuter !

— Je sais, mais au moins laissez-moi sortir de cette prison ! fit-il en grattant à la porte du panier.

— Tu dois me donner ta parole de chat de ne pas t'enfuir, répondit Zelda.

— Et de te taire ! ajouta Hilda.

Salem leva sa patte droite.

— Parole de chat ! Je serai muet comme une carpe et je ne m'enfuirai pas.

— Alors, d'accord !

Zelda ouvrit le panier.

— Je sais que tu respecteras ton serment de chat.

— Évidemment, je ne veux pas en prendre encore pour un siècle dans la peau de cet animal !

Hilda ouvrit la porte du cabinet. Zelda se recula pour laisser le chat entrer le premier.

— Allez, courage, Salem. Ce n'est qu'un mauvais moment à passer.

— Facile à dire, ce n'est pas toi qui vas te faire piquer.

Il ne voyait vraiment pas comment il pouvait s'échapper. Donc, il releva le menton et entra fièrement dans la pièce. Il ne voulait pas avoir l'air d'une poule mouillée devant les autres animaux.

Hilda et Zelda s'assirent près d'une vieille dame qui avait un petit chien sur les genoux.

Salem jeta un coup d'œil à cette chose blanche et noire qui avait de grands yeux ronds, un museau tout écrasé et de longs poils. On aurait dit une sorte de balai brosse qui se serait cogné contre un mur.

Le chien se redressa quand il vit Salem.

— Ouaf ! Ouaf ! Ouaf !

— Chut, Rififi, lui dit la vieille dame en le menaçant du doigt.

Rififi grogna mais cessa d'aboyer.

Zelda lisait tranquillement un journal. Hilda feuilletait un magazine.

« Chic ! Elles ne font pas attention à moi, on va rigoler un peu. »

Il tira discrètement la queue du chien. Rififi sauta en l'air et se retourna d'un seul coup en aboyant :

— Ouah, ouah, ouah, ouah !

Salem leva les yeux au plafond, l'air de rien.

— Rififi, vilain chien ! Couché !

Le chien montra les crocs à Salem, puis il se recoucha.

Zelda leva les yeux de son journal.

— Tu es sage, hein, Salem ?

Le chat prit son air le plus innocent. Mais dès qu'elle eut tourné la tête, il redonna un coup de patte au chien.

— Ouaf !

Rififi sursauta et tomba des genoux de la dame avec un grand « BOUM ». Il avait l'air tout étonné de se trouver sur le parquet.

« Oh ! Je suis vraiment désolé, mon vieux ! » pensa Salem en se retenant de rire.

— Rififi, ça va, mon chéri ? demanda la vieille dame en se penchant vers le petit chien.

Hilda jeta à Salem un regard furibond : elle avait tout vu.

Salem lui sourit. Pour une fois, il était

très content de ne pas avoir le droit de parler en public !

Un assistant sortit de la salle d'examen et invita la vieille dame à entrer.

Salem soupira. Il n'aimait pas beaucoup les chiens, mais il espérait pourtant qu'on n'allait pas faire de piqûres à ce pauvre Rififi.

« Dire que ça va être à moi, après ! »

Salem se couvrit la tête de ses pattes. Il préférait ne pas voir ce qui allait se passer.

La porte du cabinet s'ouvrit. Curieux comme le sont tous les chats, Salem jeta quand même un œil.

Un jeune homme s'assit à la place de Rififi et sa maîtresse. Il portait un perroquet jaune et vert sur l'épaule.

« Nom d'un chat ! Voilà un oiseau à présent. » Salem se redressa tout de suite. Il adorait courir après les oiseaux, même s'il n'en attrapait jamais. Maintenant il allait pouvoir se venger en fichant une bonne frousse à cet oiseau bizarre !

Il le fixa avec de gros yeux méchants.

Le perroquet pencha la tête, l'air intéressé mais pas du tout effrayé.

« Tu n'as jamais vu un chat, stupide animal ? » pensa Salem.

L'oiseau se déplaça sur l'épaule de son propriétaire pour se rapprocher de Salem.

« Quel crétin ! se dit le chat, abasourdi. Tu ne sais donc pas que je pourrais te croquer tout cru pour mon goûter ? »

L'oiseau n'était plus qu'à quelques centimètres, et il n'avait pas peur de lui !

« Je suis un chat quand même, et en plus j'ai pris mon air féroce ! »

Et vlan ! Le perroquet lui donna un violent coup de bec sur la truffe.

— Miaouuu !

Salem recula vivement. L'oiseau se blottit dans le cou de son maître.

— Ne t'inquiète pas, Coco, je vais juste te faire raccourcir le bout des ailes.

« Il vaudrait mieux lui faire couper le bec ! » pensa Salem en se frottant le bout du nez.

— Coco, Coco, je suis le plus beau ! cria le perroquet de sa voix de crécelle. Je suis le plus beau !

« Mais il se moque de moi ! »

Salem était furieux. Il était sur le point de faire comprendre à cet oiseau ridicule qu'il avait l'air d'un clown quand l'assistant appela :

— Salem Saberhagen.

Zelda se leva et reposa son journal.

— Allons-y.

Le chat se mit à trembler. « Non, non, pas tout de suite ! Prenez cet idiot de Coco avant moi, s'il vous plaît ! »

Hilda le prit sous le bras.

— Viens, on ne peut pas faire attendre le docteur Adams.

Salem enfouit sa tête sous le bras de sa maîtresse et ferma les yeux.

« Faites que tout ceci ne soit qu'un mauvais rêve ! Faites que je me réveille dans la chambre de Sabrina. »

Mais à ce même moment, ses pattes touchèrent du métal glacé. Non, ce n'était pas le lit de Sabrina.

Il ouvrit brusquement les yeux. Il était sur la table d'examen, à côté des seringues et de plein d'instruments de torture !

— Bonjour, mesdames, fit le docteur.

Il était petit et chauve, avec des lunettes rondes posées sur le bout de son nez. Il souriait en montrant toutes ses dents.

— Je suis content que vous ayez pu venir finalement.

— Nous avons eu des problèmes de voiture hier, lui expliqua Hilda.

— Merci de nous avoir donné un nouveau rendez-vous, docteur Adams, dit Zelda en souriant.

Les poils de Salem se hérissèrent lorsque l'homme se retourna vers lui.

— Alors voici mon nouveau patient. Salut, Salem !

Il tendit la main pour le caresser.

Le chat se recula et fit le gros dos.

— Eh bien, tu n'as pas l'air content de me voir !

— Arrête, Salem ! gronda Hilda. Ça suffit.

« Non ! » pensa le chat et il donna un grand coup de patte en l'air.

Le docteur Adams se recula vivement comme s'il avait été griffé. Il se cogna dans une chaise, perdit l'équilibre et se retrouva par terre.

— Oh ! Je suis désolée, docteur ! s'écria Zelda

« Moi pas ! »

Salem souffla méchamment, au cas

où le vétérinaire n'aurait pas compris le message.

— Tout le monde a le droit d'être dans un mauvais jour, fit le docteur Adams en se relevant. Nous referons un essai la semaine prochaine, quand il sera plus calme.

En sortant du cabinet, Hilda attrapa Salem par la peau du cou et le regarda droit dans les yeux.

— Très bien, tu as gagné ! Tu es content de toi ?

Elle le laissa tomber par terre. Le chat noir gardait la tête basse.

— Je ne sais pas ce qui m'a pris ! Je ne voulais pas lui faire de mal ; c'est simplement que je ne voulais pas de piqûre ! A-a-atchoum !

Hilda et Zelda reculèrent d'un bond en le regardant d'un air inquiet.

— Quoi ? Qu'est-ce qu'il y a ? Aaaaa-tchoum.

Le chat éternua trois fois de suite.

— Je t'avais dit que tu le regretterais, Salem, constata Zelda.

— On ne peut plus rien faire pour toi, désormais ! fit Hilda en secouant tristement la tête.

— À propos de quoi ?

Salem se remit à éternuer. Impossible de s'arrêter !

4

AAATchoum !

Une fois à la maison, Salem fila au premier étage. Il avait vraiment peur maintenant.

Il ne savait pas ce que qui se passait ! Hilda et Zelda n'avaient pas voulu s'expliquer.

« En tout cas, une chose est sûre, c'est que j'ai des ennuis ! » Il n'arrêtait pas de se gratter le museau et d'éternuer.

— Aaatchouuum !

Cela faisait trente ans que Salem vivait avec Hilda et Zelda, depuis que le Grand Conseil des Sorciers l'avait transformé en chat. Il savait bien qu'elles étaient de bonnes sorcières. Donc, si elles ne pouvaient l'aider, personne ne le pourrait !

Il fonça dans la chambre de Sabrina, se glissa sous le lit et se recroquevilla contre le mur. Ouf ! Là, il n'éternuait plus. Épuisé par tant d'émotions, il s'endormit jusqu'au moment où Sabrina rentra du lycée.

— Hello ! cria-t-elle en claquant la porte d'entrée. Y a quelqu'un ?

— Je suis dans la cuisine, répondit Hilda.

« Tiens, Sabrina ! se dit Salem. Peut être qu'elle pourra me donner un coup de main… »

Il s'avança discrètement sur le palier et regarda en bas. Son estomac criait famine.

« Quand faut y aller, faut y aller ! » Il trottina jusqu'au rez-de-chaussée puis traversa le salon comme une flèche. Son nez le démangeait de plus en plus. Il recommença à éternuer et ses yeux étaient remplis de larmes quand il débula dans la cuisine.

— Atchoum ! Atchoum !

Hilda, Zelda et Sabrina étaient en train de boire leur thé en grignotant des biscuits. Elles se retournèrent toutes les trois quand il entra.

— Mon Dieu, Salem, tu as les yeux tout rouges ! Tu es malade ? s'inquiéta Sabrina.

— Je suis très enrhumé… Atchoum !

Salem se traîna jusqu'à elles. Ça le démangeait de partout.

— Je suis trop faible pour sauter.

Zelda le prit dans ses bras et le posa sur la table. Il se mit à éternuer sans pouvoir s'arrêter.

— Désolée, Salem, ce n'est pas très propre, fit-elle en le reposant vivement par terre.

— C'est de votre faute ! J'ai dû attraper un rhume de chat dans le cabinet du vétérinaire.

— Non, ce n'est pas ça ! répliqua Hilda.

— Cependant, reprit Zelda, ton problème a quelque chose à voir avec le vétérinaire.

— C'est quoi le problème, alors ? demanda Sabrina.

— Oui, moi aussi, j'aimerais bien le savoir ! fit Salem. Atchoum !

— Disons qu'il existe des lois pour les sorciers qui ont été transformés en chats, commença Zelda.

Salem ouvrit des yeux ronds.

— Mmm… En général, les règles, ça n'est pas marrant.

Hilda avala une gorgée de thé.

— Peut-être, pourtant nous sommes tous tenus de les respecter. Donc toi, Salem, tu dois te conduire comme un vrai chat.

— Et un vrai chat se fait vacciner régulièrement.

Zelda fixa Salem d'un œil sévère.

— Mais le vétérinaire est tombé tout seul, je n'y peux rien ! Atchooum !

— Nous t'avions pourtant prévenu que tu le regretterais, soupira Hilda.

— Qu'est-ce ça peut bien avoir à faire avec mon rhume ? C'est parce que je n'ai pas eu de vaccin contre la grippe ?

— J'ai bien peur que ce ne soit pire que ça ! avoua Hilda.

Salem cligna des yeux sans comprendre.

La sorcière reposa lentement sa tasse sur la table.

— Puisque tu n'as pas eu ta série de piqûres, tu es devenu allergique aux Spellman !

— Quoi ? s'exclama Sabrina. Les chats ne peuvent pas devenir allergiques aux hommes ! Ce sont les humains qui deviennent allergiques aux chats.

— Tu n'es pas allergique à tous les humains, juste à nous, précisa Zelda.

— À nous ? répéta Sabrina, affolée.

Salem n'en revenait pas.

— Je ne peux pas vivre encore soixante-dix ans en éternuant continuellement !

— Alors tu as deux solutions, annonça Zelda en se versant encore un peu de thé.

Sabrina se détendit un peu.

— C'est déjà ça, dit-elle.

Salem, lui, n'était pas rassuré du tout.

— Bon, qu'est-ce que je dois faire ? demanda-t-il d'une petite voix.

46

— Eh bien, si on te fait une piqûre anti-allergique chaque jour, tu peux rester avec nous, expliqua Zelda.

— UNE PIQÛRE PAR JOUR ! s'exclama Salem.

— Comme ça, tu n'éternueras plus, et ça ne te démangera plus.

Salem se recroquevilla sur lui-même. C'était pire que tout ce qu'il pouvait imaginer.

— Et mon second choix, c'est quoi ?

— Tu peux aller vivre chez quelqu'un d'autre.

Sabrina sourit timidement.

— Tu ferais n'importe quoi pour rester avec nous, non ?

Salem éternua. Il avait déjà pris sa décision. Tout, sauf des piqûres ! Il prit une grande inspiration et déclara :

— Je crois que je vais devoir vous quitter, désolé.

Sabrina et ses deux tantes le regardèrent fixement, sans rien dire.

— Enfin, je partirai après dîner, bien sûr !

5

Salem déménage

Le lendemain matin, Salem était assis devant la maison avec toutes ses affaires. Hilda et Zelda se tenaient à la porte d'entrée. L'heure du départ était arrivée.

Sabrina sortit avec, dans un grand sac, un assortiment de ses plats favoris.

— J'ai pensé que tes nouveaux propriétaires ne sauraient pas forcément ce que tu aimes.

— Pas de problème, répondit Salem, je le leur dirai. Atchoum !

— Salem, tu n'auras pas le droit de parler, tu ne vas pas vivre chez des sorcières, expliqua Zelda, tu vas vivre avec des humains, des mortels !

— Quoi ? Atchoum ! Mais vous ne me l'aviez pas dit !

Hilda haussa les épaules.

— Ça aurait fait une grosse différence ?

Salem soupira.

— Non, probablement pas !

— Il est encore temps de changer d'avis, tu sais, Salem, dit Sabrina, pleine d'espoir.

Salem secoua la tête. Il n'avait aucune envie de quitter les Spellman.

Elles allaient sûrement lui manquer beaucoup. Mais il détestait trop les piqûres. Il ne pouvait pas rester, c'était plus fort que lui !

— Bon, au revoir, Salem ! fit Hilda.

— Tu vas nous manquer, ajouta Zelda en levant le doigt.

— Une seconde, atchoum ! Où m'en-voies-tu ? Est-ce que mon nouveau maître sera sympa ?

Zelda haussa les épaules.

— Je ne sais pas, Salem. Ce sont les gens de la Société de relogement des mauvais chats qui décident où t'envoyer. Moi, je ne fais que te zapper.

— Que se passera-t-il si mon maître ne me convient pas ? protesta Salem.

— Tu n'auras qu'à demander ton transfert ailleurs, ils te trouveront une

autre adresse. Attention, tu n'as droit qu'à trois nouvelles demeures. Le troisième choix sera aussi le dernier.

— C'est l'heure d'y aller, Salem !

— Et si…

Zelda tendit le doigt…

Et en un clin d'œil, Salem se retrouva devant une autre maison. Celle-ci était verte, avec une balustrade blanche.

— Hé ! Mais où sont passées mes affaires ?

Il regarda tout autour de lui, il n'y avait rien. Juste à ce moment, une petite fille blonde apparut sur le perron.

— Oh, maman, tu as vu ? Un petit chat ! s'exclama-t-elle.

— C'est merveilleux, Katy ! Un chat ! C'est justement ce que tu voulais pour tes six ans.

Katy et sa mère avaient l'air très contentes de le voir. Ouf !

— Youpi ! fit Katy en battant des mains.

Puis elle sortit en courant et le prit dans ses bras pour l'embrasser.

Salem grogna. « Hé, oh ! Doucement ! pensa-t-il. Je ne peux plus respirer. »

— Il doit avoir faim, affirma Katy.

« Elle est mignonne, cette petite. Bien sûr, j'ai toujours faim, moi ! »

— Tu as raison, dit sa mère. Viens, je crois que j'ai une boîte de thon dans le placard.

« Ça tombe bien, j'adore le thon ! » Le moral de Salem remontait. Évidemment, il était triste d'avoir quitté Sabrina et ses tantes, mais Katy et sa mère avaient

l'air vraiment adorables. Et en plus, il avait cessé d'éternuer !

— Viens, mon petit minou, je vais te donner à manger !

Katy coinça Salem sous son bras. Il détestait être porté comme ça, mais il n'osa pas se débattre. S'il embêtait Katy, sa mère risquait de le mettre dehors.

Tandis que la petite fille le trimballait dans toute la maison, Salem regarda autour de lui. Il découvrit tout de suite une chaise qui lui sembla parfaite pour faire ses griffes et une corbeille pleine de bouts de papier qui attendaient qu'on joue avec. « Pas mal, songea-t-il, pas mal du tout ! »

Quand Katy arriva dans la cuisine, sa mère lui demanda :

— Tu as trouvé un nom pour ton chat, ma chérie ?

Katy posa Salem sur le carrelage et réfléchit.

— Persil, répondit-elle enfin.

Persil ? Salem fit la grimace. C'était un nom ridicule pour un chat ! Persil, ça allait pour un lapin, pas pour un félin ! Mais il n'y pouvait rien, puisqu'il n'avait pas le droit de parler.

— Tiens, c'est pour toi, Persil, annonça la maman en lui mettant sous le nez une gamelle de miettes de thon.

Salem plongea son museau dedans et la vida en moins d'une minute.

— Quel appétit ! S'il mange autant, il va falloir lui acheter de la pâtée ou des croquettes, sinon il va nous coûter une fortune !

« Pas question ! répliqua Salem dans sa tête. Je n'aime que le thon ou les crevettes ! Ou à la rigueur le saumon. La pâtée me donne des boutons ! »

— Je vais lui montrer ma chambre, décida la petite fille.

Et elle le prit de nouveau dans ses bras. Salem soupira. C'était l'heure de sa petite sieste du matin. Tant pis ! Il espérait seulement que le lit de sa nouvelle maîtresse était aussi confortable que celui de Sabrina.

Une fois au premier étage, Katy se dirigea droit vers la salle de bains.

— Allez, Persil, c'est l'heure du bain !

« Ça va pas, non ! je suis très propre, protesta Salem, j'ai fait ma toilette avant de quitter la maison ! »

Il poussa un profond soupir. La maison des Spellman, *sa* maison, lui manquait déjà ! Pourtant il ne pouvait y retourner : il aurait fallu qu'on lui fasse une piqûre par jour !

Alors qu'il était perdu dans ses pensées, Katy le prit par surprise et le jeta dans la baignoire pleine d'eau.

Ah ! non alors ! Salem pédalait comme un fou pour sortir du bain. Il détestait être mouillé… c'était presque pire que les piqûres !

— Sois sage, Persil !

Elle l'enfonça dans l'eau en l'arrosant de bain moussant.

— Tu vas sentir bon, tu vas voir.

Quelle horreur ! Il allait empester la rose ! Plus un chat digne de ce nom ne voudrait l'approcher !

Katy l'astiqua de la tête jusqu'au bout des griffes, puis elle le sortit de l'eau et l'enveloppa dans une grande serviette.

Ça, c'était très agréable. Il se mit à ronronner pendant qu'elle le séchait. Il finit par se détendre quand elle l'emmena dans sa chambre.

« Ah, enfin la sieste ! »

Quand il vit le lit, il se réjouit : il était recouvert d'une couverture rose, toute douce, avec des tas de coussins.

« Chouette ! »

Le problème, c'est que Katy ne voulait pas le laisser y dormir. Elle le tirait par la queue dès qu'il essayait de sauter sur le lit. Pour ne pas faire d'histoire, il se coucha en rond sur le tapis. La petite fille ouvrit alors une commode.

— Alors, comment allons-nous t'habiller aujourd'hui ? Il faut que tu sois chic.

Salem bâilla en pensant : « Un smoking m'irait très bien ! »

Il ouvrit un œil. Puis soudain les deux, tout grands. Katy tenait à la main une robe de poupée en dentelle et un petit chapeau. « Ah, non ! Pas question ! »

Seulement voilà, Salem n'avait pas le choix ! S'il voulait rester ici vivre avec Katy, il devait faire ce qu'elle voulait. Et ce qu'elle voulait, c'était le déguiser en princesse !

Le soir, Salem était complètement déprimé et é-pui-sé ! On l'avait baigné,

habillé, coiffé et trimballé dans la maison toute la journée. Il avait passé des heures assis dans une chaise minuscule à jouer à la dînette. Et puis, Katy l'avait emmené en promenade dans son landau de poupée. La honte, quoi !

Pour clore le tout, sa mère lui avait donné à manger des croquettes pour chat qui sentaient super-mauvais. Tu parles d'un dîner !

Heureusement, il était l'heure d'aller dormir. « Je vais enfin pouvoir me reposer », songea Salem. Il cherchait dans quel coin de la chambre il pourrait s'installer quand une voix perçante lui parvint du couloir :

— Où es-tu, Persil ? Il faut te brosser les dents avant de te coucher !

Vite, Salem plongea sous le lit au moment où Katy entrait.

— Persil ? Viens, petit minou.

Salem se recula le plus loin possible dans le noir, là où Katy ne pourrait pas le voir. Il avait encore dans la bouche l'horrible goût des croquettes, mais ce n'était pas une raison pour se laisser brosser les dents !

Tout compte fait, il n'avait aucune envie de vivre avec Katy. C'était une gentille petite fille, sauf qu'elle ne connaissait rien aux chats !

Salem ne savait pas où la Société des mauvais chats allait l'envoyer, pourtant ça ne pouvait pas être pire qu'ici !

« Sortez-moi de là ! » supplia-t-il en silence.

Et hop ! Il cligna des yeux. Il n'était plus sous le lit de Katy. Salem ignorait où il se trouvait. Mais il était dehors. Il y faisait très très sombre ! Et très très froid !

6

Salem à la ferme

Salem se réveilla en sursaut. « Où suis-je ? » En un éclair, il se souvint !

Comme il ne voulait plus rester chez Katy, la Société de relogement des mauvais chats l'avait envoyé ailleurs ! Ailleurs où il faisait froid et noir.

Le chat s'était faufilé dans une grange remplie d'animaux. Il avait dormi sur

63

un tas de paille. Le foin n'était certes pas aussi doux que le lit de Sabrina, cependant il lui tenait chaud et il était bien sec. Il retira avec soin les brins de paille de ses poils noirs. Il était sûr d'une chose, il ne sentait plus la rose comme chez Katy. Il avait faim et, dehors, il faisait toujours très sombre. Soudain la porte s'entrouvrit. Salem se fit tout petit. Un vieil homme vêtu d'une chemise rouge et d'une salopette bleue entra dans la grange et alluma la lumière.

Un fermier. Tant mieux, les fermiers aimaient les animaux et les nourrissaient bien. Ce devait être pareil pour les chats.

Un à un, les animaux se réveillèrent. Un coq poussa un vibrant cocorico et les poulets caquetèrent. Les vaches meuglaient, et un cheval gigantesque frappait du pied.

De petits porcelets poussaient des cris aigus. La truie grognait.

Dehors un chien aboya.

Ouh, là ! Salem n'aimait pas trop les chiens. On avait dû l'envoyer ici par erreur, il ne pouvait pas vivre dans la même maison qu'un chien !

— Wouf ! Wouf !

Un gros chien avec de longs poils roux entra en courant dans la grange. Le fermier lui grattouilla la tête entre les oreilles.

— Salut, Brutus ! Je n'ai pas le temps de jouer, mon vieux, j'ai du boulot, va plutôt manger ta pâtée.

Pâtée ? Rien qu'à ce mot, Salem avait déjà l'eau à la bouche.

— Wouf !

Le chien fila vers la porte. Soudain, il stoppa net et se retourna, la truffe en l'air.

Il avait repéré Salem et fonçait droit sur lui !

Le chat sauta sur une planche, les poils hérissés.

Le chien bondissait comme un fou en aboyant. Le fermier finit par accourir.

— Qu'est-ce qui se passe, Brutus ?

« Ouf ! Sauvé ! » se dit le matou.

Le vieil homme sourit en apercevant Salem.

— Ah, un chat ! D'où tu viens, mon petit gars ?

Il lui caressa la tête. Salem se mit à ronronner. Le fermier avait l'air très content de le voir. Peut être que la Société de relogement des mauvais chats ne s'était pas trompée, finalement…

— Je parie que tu as faim, mon vieux. Tu veux un bol de lait ?

« Bien sûr ! Mais je ne veux pas descendre de là tant que ce molosse est dans les parages. »

Salem s'accroupit en regardant fixement Brutus. L'homme parut comprendre. Il fit sortir le chien de la grange et referma la porte.

— Voilà, il est parti, n'aie pas peur.

Salem sauta de sa planche et attendit.

— Tu es prêt, mon gars ?

« Évidemment que je suis prêt ! Je veux mon lait. »

Salem pensait que le fermier allait lui verser du lait dans une soucoupe

avec une bouteille sortie du Frigidaire, comme chez les Spellman. Au lieu de ça, le fermier pressa le pis d'une vache. Splash ! Salem se prit une giclée de lait dans la figure.

Il se mit à tousser. Il en avait plein les moustaches et se lécha soigneusement. Le lait tiède avait vraiment bon goût !

— T'en veux encore un peu ? Ouvre grand la bouche !

Salem se plaça sous le pis de la vache et obéit.

Il se retrouva trempé. Tant pis ! Il avait trop faim pour y attacher la moindre importance.

Après ce petit déjeuner, le fermier regarda le chat et lui dit :

— Bon, mon gars, voilà le marché que je te propose. Tu peux rester ici, mais si tu veux manger, il faut que tu travailles comme tout le monde.

« Moi, travailler ? » Salem regardait l'homme sans comprendre. « Les chats, ça mange et ça dort, ça ne travaille jamais ! »

— Ne t'en fais pas, c'est un boulot que tu vas adorer, mon p'tit gars, affirma le fermier en riant.

Salem poussa un grand soupir. Il n'avait jamais travaillé de sa vie et il était sûr que ça ne lui plairait pas.

— Cette grange est pleine de souris. Ton boulot, c'est de les attraper !

Les oreilles de Salem se dressèrent. Attraper les souris ? Un de ses passe-temps favoris. C'était beaucoup plus amusant que de chasser les oiseaux. Génial !

— Entre les souris que tu vas attraper et ta gorgée de lait du matin, tu ne mourras pas de faim !

QUOI ? Salem en resta bouche bée. Certes, il chassait les souris dans le grenier des Spellman, mais d'abord, il n'en attrapait presque jamais, et ensuite il n'était pas question qu'il en mange. Une souris toute crue, beurk !

— Seulement, un bon conseil, ne t'approche pas trop de la maison, Brutus n'aime pas les chats ! ajouta le fermier.

Sur ces paroles, il se mit à traire ses vaches avec des machines compliquées et bruyantes.

Salem était vraiment très embêté. Il avais toujours vécu dans une maison bien propre, bien chaude. On le nourrissait de thon et d'autres friandises. Sa principale occupation était de faire la sieste sur tous les lits de la maison ! « Voilà que maintenant je dois attraper moi-même mon dîner, et dans une grange ! Avec des douches de lait tous les matins ! »

Enfin, il n'y avait pas de piqûres à craindre et Katy ne viendrait pas lui brosser les dents. Il se mit donc tout de suite au boulot.

Au début, c'était rigolo, après, moins…

Les souris savaient très bien où se cacher, elles se faufilaient dans des trous où Salem ne pouvait pas les suivre, dans des fentes où il était impossible de glisser une seule patte. C'était des souris

des champs, beaucoup plus rapides que celles du grenier des Spellman.

Du coup, il n'eut pas de temps pour la moindre petite sieste. Il chassa les souris toute la journée, sans en attraper une seule.

Et ça, jusqu'au coucher du soleil.

Le fermier était dans sa maison, Brutus dans sa niche. Dans la grange, les animaux dormaient.

Salem décida de changer de tactique. Il s'accroupit dans l'ombre près d'un trou de souris. « Je vais rester ici, sans bouger d'un millimètre. » Et il resta là, immobile, devant le trou, sans même remuer le bout de sa queue. La seule chose qu'il espérait, c'était que la souris n'entendrait pas son ventre gargouiller.

Il n'avait jamais eu aussi faim.

Pour finir, une petite tête grise apparut.

Salem ne bougea pas, on aurait dit une statue. Il attendait que la souris soit tout près de lui. Puis il bondit et l'aplatit sous ses pattes.

— Voilà mon dîner !

Sous les griffes du chat, la souris se débattit.

« Ça y est, je l'ai attrapée ! Comme un vrai chasseur. »

— Couic ! cria la petite bête. Couiiiic, couiiiic !

Elle le regarda avec des yeux pleins de larmes.

Oh, zut ! Salem se laissait attendrir.

« Je ne peux pas manger un être vivant, moi ! » se dit le chat. Il leva sa

patte et la souris fila dans son trou à toute allure.

« Et voilà, il ne me reste plus qu'à mourir de faim ! » Le chat tapota tristement son ventre vide qui résonnait comme un tambour.

Ça ne lui plaisait guère de vivre dans une ferme à le campagne. Ce qu'il voulait, lui, c'était du lait froid dans une soucoupe. Et une maison sans chien. Et un bon dîner qui ne couinait pas !

Il ne lui restait plus qu'une seule chose à faire.

— Hé, les gens des Mauvais Chats ! Je suis prêt à déménager encore une fois.

Il s'assit et attendit en retenant sa respiration.

Et hop !

Il se retrouva de nouveau dehors, dans le noir. Mais pas dans le calme de la campagne. Il y avait un vrai vacarme : des boîtes de conserve s'entrechoquaient, une sirène de police hurlait et des chats miaulaient dans tous les coins.

Un objet non identifié passa en sifflant au-dessus de sa tête. Il s'aplatit sur le ventre. Le sol était froid, humide et dur.

— Fichez le camp, les chats ! cria un homme.

Une boîte métallique heurta le mur juste au-dessus de la tête de Salem et lui retomba dessus. Ouille !

7

Salem fait les poubelles

Salem tremblait de froid et de peur.

Et il était vexé. Être le joujou d'une petite fille, ce n'était pas supportable. Vivre dans une grange, c'était trop de travail. Et voilà que, maintenant, la Société de relogement des mauvais chats l'avait transformé en chat de gouttière.

— Hé, les gars des Mauvais Chats, envoyez-moi tout de suite au numéro quatre.

Il retint sa respiration et attendit. Rien ne se produisit.

— Hé, oh ! cria Salem. Vous êtes sourds ou quoi ? Je veux m'en aller !

Un homme lui balança une boîte de conserve vide de sa fenêtre.

— Ouste, le chat !

Salem n'eut que le temps de sauter de côté. La boîte rebondit sur le pavé avec un bruit d'enfer.

— Bon, eh bien, quoi ? Je suis prêt, quand vous voulez, on y va.

Mais de nouveau, rien ne se passa.

Soudain, Salem se souvint qu'il n'avait droit qu'à trois choix différents, à trois nouveaux domiciles.

Le troisième, c'était ici. Et c'était le dernier.

« Je suis devenu un chat errant ! » sanglota-t-il.

Maintenant, il avait faim et froid. Il n'avait même plus une grange, même plus un tas de paille pour se rouler dedans. Plus de vache à lait, plus de souris. Il n'avait plus rien !

« Qu'est-ce que je vais devenir ? » se demanda-t-il.

Il scruta la rue sombre. Personne ! Il n'y avait vraiment personne !

— Je peux toujours me parler tout seul, maintenant, dit-il à haute voix.

Des chats lui répondirent en miaulant. Salem décida de les suivre, pensant qu'ils savaient où trouver à manger, ainsi qu'un endroit sec et chaud pour dormir. Puisqu'il était coincé dans la rue, il fallait bien qu'il se fasse des copains.

« Au moins, je ne serai pas seul et puis les chats errants ne sont pas obligés d'aller chez le vétérinaire, eux ! »

En arrivant au bout de la ruelle, il vit huit chats perchés sur un mur.

Un chat tigré le regarda vaguement et lui fit un clin d'œil, les autres l'ignorèrent. Bien évidemment, ils ne pouvaient pas parler et ils ne comprenaient rien à ce qu'il disait. Pourtant, il avait envie de s'exprimer.

— Où peut-on trouver un coin pour casser la croûte par ici ?

Un énorme matou gris avec de vilains yeux jaunes sauta du mur. Il regarda

fixement Salem pendant une minute puis fit le gros dos.

— C'était juste une question ! se défendit Salem.

Il essaya de causer comme les chats des environs :

— Miaou, miaou !

Le chat gris bondit sur lui, toutes griffes dehors.

— Quoi ? Qu'est-ce que j'ai dit de mal ? demanda Salem en sautant en arrière.

Le chat gris souffla, furieux.

Salem hocha la tête.

— D'accord, j'ai compris, c'est toi le patron !

Satisfait, l'autre se retourna et disparut par un trou dans une palissade. Toute la bande s'engouffra derrière lui.

Salem les suivit de loin. Il se cacha et attendit en les regardant faire. Il fallait connaître les règles du jeu avant d'y participer. Les chats se glissaient silencieusement le long des bâtiments. Un homme sortit, ils s'arrêtèrent.

L'homme en question jeta un sac dans une poubelle et rentra chez lui.

Dès qu'il eut tourné le dos, les chats se mirent à piocher dans la poubelle. À table !

— Chouette, voilà le dîner ! cria Salem.

Il avait tellement faim qu'il en oublia toute prudence. Il sauta droit dans la poubelle la plus proche. Elle se renversa avec un bruit de tonnerre. Surpris, tous les chats de la bande se mirent à miauler.

L'homme ressortit, furieux, avec un balai à la main.

— Pchitt ! Fichez-moi le camp d'ici, bande de voyous !

Salem glissa un œil hors de sa poubelle et fit tomber la croûte de pizza qu'il tenait dans sa gueule.

— Toi aussi, ouste ! cria le bonhomme en donnant un vigoureux coup de pied dans la poubelle.

« Ouh là, doucement ! Je m'en vais, je m'en vais ! »

Salem fila dans la ruelle, sans même reprendre son morceau de pizza. Il courut aussi vite qu'il put derrière les autres chats.

— Désolé, les gars, s'excusa-t-il. Je suis nouveau dans le coin, mais j'apprendrai vite les règles ! Promis !

Le chat gris fit le gros dos et s'avança vers lui, menaçant.

— Première règle, fit Salem en reculant, ne pas parler pendant les repas.

Les autres chats l'encerclaient, l'air mauvais.

Aïe, aïe, aïe !

— Attendez, les gars, soyez chic ! Donnez moi une seconde chance !

Le gros chat gris bondit sur lui, sifflant et crachant.

Salem détala à toute vitesse. Il plongea à l'intérieur d'un gros tuyau. Ouf, enfin en sécurité !

— Et qu'est-ce que je vais devenir maintenant ?

Jamais il ne s'était senti aussi misérable. Sabrina lui manquait et même

Zelda et Hilda. On était mieux chez les Spellman que partout ailleurs.

— D'accord, j'accepte d'avoir une piqûre tous les jours !

Seulement, voilà, Salem n'avait aucun moyen de rentrer chez lui, à la maison. C'était trop tard !

Il ne lui restait plus qu'à pleurer :

— Je veux rentrer à la maaaiiisoooon !

8

Enfin chez soi !

À l'intérieur du tuyau, Salem se laissa tomber sur le ventre et ferma les yeux. Son poil était tout trempé, mais il s'en fichait. Il se fichait de tout !

— Ça me serait égal d'être parfumé à la rose, si je pouvais rentrer chez moi, pleurait-il. Je serais même d'accord pour chasser les souris dans le grenier.

Les Spellman lui manquaient tellement.

Et hop !

— J'accepterais même les deux piqûres par jour, sanglotait-il, les yeux toujours fermés.

— Mais tu n'as besoin que d'une seule piqûre par jour, répondit Hilda.

Salem soupira tristement. Il devait avoir de la fièvre, il délirait. Il avait cru entendre la voix de Hilda.

Zelda se mit à rire.

— Je crois que nous lui avons vraiment manqué.

« Voilà que j'entends Zelda, à présent. »

Salem éternua.

— Atchoum !

— Oh ! Salem, tu es revenu ! s'exclama Sabrina.

— Qui ? Moi ?

Il ouvrit grand les yeux. Il était à la maison : les trois sorcières, Zelda, Hilda et Sabrina lui souriaient.

— Ce n'est pas possible, ça doit être un rêve !

Sabrina lui caressa la tête.

— Non, tu es bien à la maison !

— Comment est-ce possible ? J'ai pourtant utilisé mes trois chances !

— Oui, tu avais trois choix pour trouver une *nouvelle* maison… commença Zelda.

— Mais tu t'es rendu compte que tu voulais retourner dans ta *vraie* maison, quoi qu'il arrive ! compléta Hilda.

Sabrina acquiesça.

— Donc, la Société de relogement des mauvais chats t'a donné une autre chance et t'a renvoyé chez nous.

— Oh ! Je suis si content de vous revoir ! s'écria Salem en sautant dans les bras de Sabrina.

Il se frotta contre sa joue et ronronna.

— Je ne veux plus jamais vous quitter. Atchoum !

— C'est tant mieux, parce que tu nous as beaucoup manqué aussi, répondit Sabrina en souriant.

— Que voudrais-tu pour dîner, du saumon ou du thon ? lui demanda Zelda.

— Je mangerais n'importe quoi… Atchoum ! Atchoum ! Atchoum !

— Tu dîneras un peu plus tard, désolée, soupira Hilda. D'abord, il faut qu'on te fasse ta piqûre contre les allergies.

Salem ferma les yeux un instant, mais ne discuta pas. C'était comme ça, s'il voulait rester à la maison !

— On ne pourrait pas aller chez le véto après le dîner ? J'ai tellement faim !

— Non, pas besoin de vétérinaire, dit Hilda en tendant l'index.

Une seringue énorme apparut dans sa main.

Salem ouvrit la bouche et resta muet d'horreur.

— C'est quoi, ce truc-là ?

— L'allergie dont tu souffres vient de l'Autre Monde, Salem, expliqua Zelda

en remplissant son assiette de thon.
Donc, c'est une sorcière qui doit te faire
ta piqûre.

Ça ne lui plaisait pas du tout, cette
histoire-là, mais il ne pouvait rien y
faire. Ses yeux commençaient à se rem-
plir de larmes et la peau le démangeait
déjà.

— Atchoum ! Atchoum ! Finissons-
en au plus vite, alors !

— Tu n'as qu'à fermer les yeux,
Salem, lui conseilla Sabrina.

Il ferma les yeux et retint son souffle.
Il sentit une petite piqûre dans les fesses.

— Aïe !

— Ça y est, c'est fini.

Hilda claqua des doigts et la seringue
disparut.

— Ce n'était pas si terrible que ça, tu vois.

— C'était horrible. Heureusement, c'est fini…

— En tout cas, Salem, tu n'éternues plus ! constata Sabrina.

Le chat s'assit, il n'éternuait plus, sa peau ne le démangeait plus, ses yeux restaient secs !

— Je suis guéri, chouette ! Plus besoin de piqûres !

— Jusqu'à la semaine prochaine seulement. Tu dois encore aller chez le vétérinaire pour tes vaccins annuels.

— Et il vaudrait mieux pour toi que tu te conduises bien, cette fois-ci, ajouta Zelda.

— Pas de problème ! promit Salem.

Sabrina le prit dans ses bras et le serra très fort contre elle.

— Tu sais, sans toi, la maison n'était plus la même !

— Vous m'avez beaucoup manqué aussi, ronronna-t-il. Mais quand même, je déteste toujours les piqûres !

Dans la même collection:

Et pour les plus grands:

Sabrina
l'apprentie sorcière

Composition : Francisco *Compo*
61290 Longny-au-Perche

Impression réalisée sur Presse Offset par

BRODARD & TAUPIN

GROUPE CPI

La Flèche (Sarthe), le 06-11-2002
N° d'impression : 14891

Dépôt légal : novembre 2002

Imprimé en France

12, avenue d'Italie • 75627 PARIS Cedex 13

Tél. : 01.44.16.05.00